Der Rabauke und die Biene

Anna Maria Kuppe

Bibliografische Information der Deutschen Nationalbibliothek

Die Deutsche Nationalbibliothek verzeichnet diese Publikation in der Deutschen Nationalbibliografie; detaillierte bibliografische Daten sind im Internet unter http://dnb.dnb.de abrufbar.

Herstellung und Verlag:

BoD -Books on Demand, Norderstedt

ISBN: 978-3-7357-3742-7

Inhaltsverzeichnis

In Liebe
für
David
und
Dennis

Hallo, ich bin der Kater David. Meine
Mama sagt aber immer Rabauke zu mir,
da ich so viel Unsinn im Kopf habe …

… und ich bin sein Bruder Dennis. Obwohl ich ein Kater bin, sagt meine Mama immer Biene zu mir. Aber das ist nur einer meiner vielen Kosenamen.

Unser neues Zuhause

»Manno, schubs doch nicht so.« David wackelt hin und her mit seinem Popo. Er und sein Bruder Dennis liegen zusammen in einem großen Tiertransporter.

»Wo bringen die uns eigentlich hin?«, fragt Dennis ganz ängstlich. »Keine Ahnung, vielleicht ziehen wir wieder in ein neues Haus. Das werden wir ja sehen.«

Da geht eine Tür auf. »Och, wo sind wir denn hier?« David schaut durch die Rillen des Transporters. »Das kenne ich nicht.«

Die Augen von beiden gehen von links nach rechts, von rechts nach links. »Mmh, da sind doch zwei Frauen, die wir schon mal gesehen haben«, meint David glücklich. »Ja, klar, die beiden waren doch immer so lieb zu uns, wenn sie als Tiersitter zu uns kamen.«

Dennis lächelt über das ganze Gesicht.

»Prima, sie sind echt nett«, denkt er und ist genauso glücklich wie sein Bruder.

Die Tür des Transporters wird geöffnet. Vorsichtig geht David zuerst hinaus. »Wo kann ich mich denn hier verstecken?« Er blickt kurz um sich herum, dann verschwindet David zunächst unter dem erstbesten Stuhl.

»Na, hab´ keine Angst, komm doch zu uns«, sagt eine der Frauen lieb zu Dennis.

Etwas schüchtern blickt Dennis auf und wartet bis keiner mehr in der Nähe ist. Dann bewegt er sich ganz langsam aus seinem Häuschen, schaut kurz nach links, nach rechts, und rennt sofort hinter das Sofa.

»Hier sieht es ganz anders aus als in der Wohnung, in der wir vorher waren.« Dann sieht Dennis ein großes, langes Ding am Fenster stehen. Eine Heizung.

»Komm, David, da habe ich ein prima Versteck gesehen.«

Schnell rennt David von seinem Posten unter dem Stuhl zu seinem Bruder hinter die Heizung. »Mensch, das ist ja ein toller Beobachtungsposten. Guck` mal, hier sind ja Luftlöcher. Da kann man uns nicht sehen, aber wir können alles beobachten. Klasse.«

»Die beiden Männer, die uns hierhergebracht haben, gehen. Heißt das, dass wir jetzt hierbleiben?«

David sieht Dennis fragend an. »Keine Ahnung«, meint David, »es sieht so aus.«

Dennis blickt hoch. »Aber das wäre toll, denn die Frauen sind sehr lieb.« Nun richtet sich David auch auf. »Wir warten einfach ab.«

Nach einer gewissen Zeit kommt eine der beiden Frauen zu David und Dennis und beugt sich über die Heizung.

Liebevoll sagt sie: »Ihr braucht keine Angst haben. Hier werdet ihr ein wunderbares neues Zuhause haben. Das verspreche ich euch.«

Was sie nicht sehen kann: Dennis lächelt und wendet sich an seinen Bruder. »Siehst du, wir bleiben hier.«

»Es wird dunkel draußen und eigentlich habe ich mächtig Hunger.« David ist ein wenig ungeduldig. »Manno, mein Bauch meldet sich schon.«

Plötzlich wendet er seinen Kopf zur Seite. »Guck` mal, die Frau hat uns einen Napf voller Futter hingestellt.«

Dennis hat das auch schon gesehen und nickt.

David beobachtet alles weiter durch die Rohre der Heizung. »Wir warten mal bis keiner mehr in der Nähe ist.«

Eine der beiden Frauen kommt wieder.

Sie zeigt auf so ein Ding. Da geht es ziemlich steil runter.

»David! Dennis!«, ruft die nette Frau, »schaut mal, es gibt hier eine Treppe. Wenn ihr möchtet, dann geht doch mit uns nach unten. Dort sind die Schlafzimmer. Ihr könnt ja sehen, was ihr macht«, sagt sie und winkt den beiden lächelnd zu.

Dann macht sie das Licht aus. »Gute Nacht! Wir sehen uns morgen früh wieder.«

»Hey, super, jetzt sind alle weg und wir können auf Entdeckungstour gehen.« Der Rabauke geht unbekümmert vor.

Dennis schleicht ihm langsam hinterher. »Was es hier so alles gibt? Stühle, Sofa, Tisch. Und das da!!! Oh, was ist denn das? Ein ziemlich hohes Ding und da ist so etwas Grünes drin.«

Dennis sieht sich das genau an. »Das ist eine Blume.«

David streckt sich und sein ganzer Körper wird ganz lang. »Da muss ich mal hochklettern.«

Aufgeregt sagt Dennis: »Pass` bitte auf. Das fällt!« Er kennt seinen Bruder sehr gut. David muss eben immer alles ausprobieren.

»Da komme ich nicht richtig ran.« David streckt sich immer höher. Nun zieht er an der Blume und schwupps, da liegt sie schon unten.

Die Vase ist zerbrochen, die Blume liegt auf dem Boden und ganz viel Blumenerde ist verstreut.

Vor lauter Schreck läuft David in die nächstbeste Ecke.

Dennis läuft in die andere Richtung. »Oh je, das gibt Ärger.«

Da geht auch schon das Licht an.

»Siehst du, von dem Knall sind alle wachgeworden«, Dennis schüttelt leicht den Kopf. »Meinst du, die schimpfen jetzt mit uns?« Dennis ist etwas aufgeregt.

»Das weiß ich nicht.« David schaut kurz hinter dem Sofa hervor. »Da kommen die Frauen schon. Schnell. Versteck´ dich.«

Sofort rast der Rabauke wieder auf seinen Beobachtungsposten hinter der Heizung. Sein Schwanz geht aufgeregt hin und her.

»Oh je, was ist denn hier passiert?« Die Frauen schauen ziemlich entsetzt.

Sie holen sofort so ein Ding heraus, das viel Krach macht.

»Das ist ein Staubsauger«, erklärt Dennis.

»Die suchen uns.« David wackelt mit seinem Popo hin und her.

»David! Dennis! Wo seid ihr denn? Habt ihr euch nicht weh getan?«, ruft eine der Frauen.

Die beiden sehen sich an. »Die schimpft ja gar nicht. Mensch, sie fragt sogar, ob wir uns nicht weh getan haben.« Dennis lächelt wieder seinen Bruder an. »Hab´ doch gesagt, sie sind lieb.«

David richtet sich auf und blickt über den Heizkörper. »Kuckuck, hier sind wir.« Dann läuft er in die Richtung der zerbrochenen Vase.

»Nicht dahingehen!«, ruft eine der Frauen besorgt und will den Rabauken hochheben.

»Nee, will doch nur mal gucken.« David schaut ein wenig schelmisch die neue Katzenmutti an.

»Du tust dir noch weh, pass´ bitte auf«, sagt sie leicht flehend.

»Ist ja richtig toll von ihr. Ist die aber nett. Wenn das unser neues Zuhause wäre, supertoll. Das ist klasse. Hoffentlich holt uns hier keiner mehr weg.« Die beiden süßen Kater fühlen sich rundum wohl.

Einige Tage später.

David und Dennis leben auf in ihrem neuen Zuhause und haben schon viel gemeinsam erkundet.

»Hey, hier gibt es sogar einen riesengroßen Kratzbaum. Super, den probieren wir doch mal aus« und schwupps ist der kleine Rabauke David auf der ersten Stufe. Schelmisch blinzelt er seinen Bruder an. »Komm, das ist klasse hier. Ich gehe jetzt weiter nach oben. Lass uns mal sehen, wie das auf der obersten Stufe aussieht. Na, komm schon!«

Während David es sich schon auf der obersten Mulde gemütlich macht, geht Dennis langsam auf den Kratzbaum zu. »Nur zu, spring´ einfach hoch!«

David thront richtig auf dem Kratzbaum. »Prima Beobachtungsposition hier oben.«

Jetzt ist Dennis auf einer Mulde, die eine Stufe tiefer liegt, angekommen und hält wachsam Ausschau. »Ja, toll, das ist sehr schön hier.«

Aus den Frauen, die sie wiedererkannt hatten, werden schon nach ein paar Tagen ihre Mamis. Beide genießen es, mit ihnen zusammen zu sein.

David und Dennis spüren die Liebe.

»Du, David, wir bleiben hier. Das weiß ich«, sagt Dennis überglücklich zu seinem geliebten Bruder. Nun zieht auch David den Mundwinkel hoch und lächelt. »Ach, das ist toll. Wir dürfen in einem wunderschönen neuen Zuhause leben!«

Rabauke

Biene

Der Rabauke
als Computerfachmann

Es sind nun schon viele wunderbare Jahre vergangen.

David und Dennis sind längst in ihrem neuen Zuhause angekommen. Sie lieben ihre Katzenmamis sehr und ihre Mamas lieben sie von ganzem Herzen.

David ist nach wie vor ein Schelm und daher nennt ihn seine Mama auch: Rabauke.

Dennis hat ganz viele Kosenamen bekommen und einer davon heißt: Biene.

So werden sie jetzt immer genannt: Der Rabauke und die Biene.

»Guck mal, Mama sitzt wieder an so einem Ding und haut mit ihren Pfoten auf so etwas langes.« Der Rabauke schaut fragend seinen Bruder an.

»Das ist ein Computer und Mama hat keine Pfoten. Mama ist ein Mensch und Menschen haben Finger und das lange Ding ist eine Tastatur.«

So versucht die Biene es dem kleinen Rabauken zu erklären.

David sieht sich kurz alles aus der Ferne an. »Das muss ich mir mal genauer ansehen« und schwupps springt er mit einem Satz auf den Tisch.

»Hallo, Mama.« David reibt seine Wangen am Computer. »Muss nur mal schnell was markieren.« Danach geht der Rabauke schnell über die Tastatur. »Ach, Rabauke, was machst du denn da wieder?« Die Katzenmama schaut ihren Rabauken mit einem Lächeln an.

»Och, wollte ja nur mal sehen, was du da machst.« Der Rabauke legt sich mit seinem ganzen Körper auf die Tastatur.

Im Computer bewegen sich die Zeichen nun hin und her.

»Rabauke, es ist ja schön, dass du mir helfen möchtest, aber kannst du bitte mal deinen Popo hochheben. Du machst noch alles kaputt.«

Doch stur bleibt David auf der Tastatur.

»Nö, Mama, ich bleibe hier sitzen«, gibt der kleine Schelm mit einem leichten Augenzwinkern zu verstehen.

Die Katzenmama erhebt jetzt doch ein bisschen ihre Stimme. »Oh, da stehe ich lieber mal auf«, denkt sich der Rabauke. Etwas beleidigt springt er vom Tisch.

»Aber mich interessiert schon, was Mama den ganzen Tag an diesem Ding macht.« Der Rabauke wendet sich an seinen Bruder.

»Sie sagt immer, sie schreibt E-Mails«, versucht Biene zu erklären.

»Was ist denn das schon wieder?« David sieht Dennis fragend an und zieht seine Augenbrauen hoch.

»Das ist so etwas wie Briefe schreiben, aber hat mit Technik zu tun«, weiß die Biene.

Mürrisch dreht der Rabauke sich um und springt wieder auf den Tisch. »Hallo, Mama, da bin ich wieder. Wollte auch mal so eine E-Mail schreiben« und David geht einfach über die Tastatur.

»Ach, Rabauke, was machst du denn da? Wolltest du auch eine E-Mail schreiben?«

Verschmitzt sieht David seine Katzenmama an. »Klar, Mama, du hast es erkannt.«

»Aber Mama scheint nicht sonderlich begeistert zu sein. Sie zieht jetzt die Augenbrauen hoch.« Der Rabauke überlegt kurz und sieht seine Mama schelmisch an.

»Die Buchstaben in der E-Mail kann keiner lesen, Rabauke«, sagt die Katzenmama mit einem leisen Seufzer.

»Na, dann steh` ich eben wieder auf. Wenn die alle zu dumm sind, um meine E-Mails zu lesen.«

Beleidigt springt er vom Tisch und geht auf seinen Schlafplatz auf der Couch. Zu Dennis sagt er: »Langweilig so ein Ding. Sollen die Menschen das doch alleine machen.«

Tage später lässt es ihm aber keine Ruhe und er versucht es doch noch einmal. »Hey, Mama, da bin ich wieder«, schelmisch setzt er sich erneut auf die Tastatur.

»Oh je, Rabauke, was machst du denn jetzt? In dem Programm war ich ja noch nie.« Die Katzenmama schaut irgendwie entsetzt aus.

Aber der Rabauke bleibt auf seinem Platz sitzen und schaut verschmitzt die Mama an. »Siehste, Mama, wenn du mich nicht hättest, dann wärst du nie in das Programm gekommen. Kannste mal sehen, ich bin doch ein richtiger Computerfachmann.«

E –Mail an Mama:

Kkkkkkkkkkkkkkkkkcccccccccccccccccccc
cccccccccccjjjjjjjjjjjjjjjjjjjjjjjjjjjjjjjjjjjjjllllllllllllllll-
lll

lllllllllllleeeeeeeeeeeeeeeeeeeeeeeeeeeeeeee-
eee

ebbbbbbbbbbbbbbbbbbbbbbbbgggggggggggg
gggggggggggggggggaaaaaaaaaaaaaaaaaaaaaaaa

29

Die Biene

und ihr Wellnesstag

»Heute lasse ich mich von Mama wieder massieren.« Dennis lächelt glückselig seinen Bruder David an. »Das ist immer so toll. Mama nimmt sich dann ganz viel Zeit für mich. Sie streichelt zärtlich meine Pfötchen, meinen Rücken, unter dem Kinn. Das ist alles wunderschön und es macht mich richtig glücklich.«

David gönnt diese Wonne seinem Bruder von Herzen. »Ja, das ist wirklich klasse. Mama will das bei mir auch immer machen. Für ein paar Minuten ist das ganz okay, aber dann geh` ich und räkle mich lieber genüsslich in der Sonne.«

Dennis flüstert seinem Bruder begeistert zu: »Mama hat immer eine so tolle Seife, denn sie wäscht sich die Hände bevor sie mich streichelt. Wenn sie mich dann überall massiert, dann rieche ich auch so gut.«

Der Rabauke springt auf die Fensterbank und legt sich in die Sonne. Er genießt einfach jeden Sonnenstrahl.

Die Biene geht auf ein großes Kissen
und legt sich so hin, dass seine Katzenmama schon genau weiß, was er möchte.

»Ja, ich komme gleich!«, ruft seine Mama schon von weitem.

Die Biene kommt richtig ins Schwärmen. »Nun setzt sich meine Mama zu mir
hin und beginnt mich sanft zu streicheln.
Mmh, das tut richtig gut. Eine sehr sehr
liebe Mama habe ich mir da ausgesucht.«

Vom Fenster aus kommt ein bejahen-
der Ton von David. »Wir haben es wirklich gut hier.«

Dennis streckt alle Viere von sich und
sagt genüsslich und lebensfroh: »Und wie.
Mama gibt uns so viel Liebe.«

Nach der Massage macht Dennis ein kleines Nickerchen in der Mittagssonne.

Etwas später legt er sich auf den Boden und seine Mama weiß dann, was ihre Biene will: Friseur spielen.

»Da sagt Mama doch immer so viele liebevolle Worte zu mir und sie kämmt meine weißen Haare. Das ist schön, einfach nur schön.« Ein riesiges Lächeln kann man bei Dennis sehen. »Manchmal sagt sie dann: Waschen, schneiden, föhnen. Wie bei einem echten Friseur. Mama tut dann so, als ob sie mir die Haare schneidet. Sie macht Geräusche, wie mit einem Föhn und kämmt mich sanft. Und dann summt Mama auch und singt mir etwas vor. Danke Mama.«

»So geht das jeden Tag. Streicheln, liebkosen, massieren, Friseur spielen. Das ist alles wunderbar«, berichtet die Biene fröhlich.

Der Rabauke liebt es eher, wenn er sich zufrieden räkeln kann, man ganz liebevoll Rabauke zu ihm sagt und ab und an mal mit Mama kuschelt.

Dennis liebt und genießt die Nähe seiner Mama. Natürlich tut David das auch.

Es macht alle sehr glücklich. Eine Liebe, die Niemand zerstören kann. So ist es und so soll es auch sein.

Wir wollen Leckerchen

David liegt auf seinem Beobachtungsposten Kratzbaum und richtet seinen Blick auf die Eingangstür.

»Mensch, Mama müsste aber doch bald wiederkommen. Sie hat gesagt, dass sie Leckerchen kaufen geht. Das dauert ja so lange heute.« Ungeduldig schaut David zu Dennis rüber.

Dennis lauscht gespannt. »Da höre ich ´was. Sie kommt!«

Im Nu geht auch schon die Tür auf und die Katzenmama kommt herein. Sofort springt der Rabauke auf und rennt zu seiner Mama.

Laut miaut er: »Hey, Mama, da bist du ja wieder. Was hast du uns denn so alles mitgebracht?« David reibt sein Köpfchen an Mamas Beinen.

Die Taschen hat die Katzenmama voll mit leckerem Futter für ihre Lieblinge. »Ja, Kinder, ich habe viele Leckerchen mitgebracht.«

David grinst und antwortet seiner Mama lautstark: »Dachte ich es mir doch.«

Nun sitzen der Rabauke und die Biene erwartungsvoll vor der Küchentür.

»Das dauert aber bis Mama endlich mit Essenmachen fertig ist.« Der Rabauke läuft ungeduldig hin und her.

»Aber ich kann hören, dass sie unsere Näpfe schon auf den Tisch gestellt hat und mit der Gabel etwas Futter klein macht«, sagt Dennis geduldig.

»Das dauert mir aber etwas zu lang. Jetzt miaue ich mal kurz, Mama soll etwas schneller machen.« David miaut laut und deutlich hörbar.

Aus der Küche ruft die Katzenmama. »Ja, ja, Kinder, komme gleich! Ein paar Sekunden, dann bin ich da« und schon öffnet sie die Küchentür.

»Hat ja auch gedauert, Mama. Hmh, was gibt es denn Leckeres?« David kann es kaum erwarten und beginnt hastig zu essen. Dabei sieht er nur kurz zur Katzenmama. »Lecker gekocht, Mama.«

Dennis genießt sein Essen und der Rabauke David schlingt es runter.

»Langsam, Rabauke, es nimmt dir keiner etwas weg. Mama mag das nicht und Dennis hat sein eigenes Futter. Genau so viel wie du«, sagt die Katzenmama liebevoll.

Hastig isst David aus seinem Futternapf, sieht nur kurz einmal hoch und sagt sich: »Man kann ja nie wissen.«

So geht das tagaus, tagein.

»Mama macht uns jetzt immer kleine Portionen, weil David immer alles so runterschlingt. Das ist gut von ihr, denn dann kann David das alles besser verdauen.« Dennis ist auch besorgt um seinen geliebten Bruder.

»Es gibt so viele Sorten, die Mama uns gerne kauft. Mal gibt es Wild und Karotten, dann Thunfisch. Alles Mögliche«, sagt der Rabauke zu seinem Bruder.

David nickt. »Klar, Mama kauft uns schon ganz tolle Sachen. Am liebsten esse ich ja Thunfisch und Hase. Aber das gibt es nicht so oft. Mama hat gelesen, dass da zu viel Fett drin ist. Aber die anderen Sachen sind auch echt lecker. Vor allem Pute und Kaninchen.« Das Schleckermäulchen gerät ins Schwärmen.

Dennis, der eher mit Genuss isst, sagt: »Ja, das esse ich auch sehr gerne, aber auch Lachs schmeckt mir gut.«

»Und wenn es dann noch zu lange dauert bis Mama uns was gibt, dann miaue ich einfach«, sagt David, der Rabauke.

»Ja und ich fange an und meckere, das kann ich nämlich auch gut«, sagt Dennis, die Biene.

»Dauert es dann immer noch zu lange, machen wir es gemeinsam. Klar und wenn Mama dann aus der Küche kommt und die Näpfe vollgefüllt in ihren Händen trägt, dann geben wir uns ein Küsschen. Give me five.«

Der Rabauke lächelt wieder schelmisch. »Klasse.«

Nach dem guten Essen legt sich der Rabauke gut gelaunt und gesättigt auf seinen Schlafplatz und sonnt sich. Biene springt in den Sessel. Das ist sein Lieblingsplatz.

Beide putzen sich ausgiebig. Ein gutes Zeichen, denn dann hat das Essen auch gut geschmeckt.

Der Rabauke würde gerne einmal alle Vorräte in der Küche kontrollieren.

»Wenn Mama mal nicht so aufpasst, dann renne ich einfach in die Küche rein. Dann verstecke ich mich unter dem Tisch, da kann Mama mich nicht so schnell hochheben. Bin doch sooooo neugierig.« David ist eben immer wieder ein kleiner Schelm.

»Ja und ich springe dann auf die Küchenplatte. Da ist ein Wasserhahn. Mama spielt mit mir unser Tröpfchenspiel. Dafür macht Mama den Wasserhahn auf und wir machen uns ein bisschen nass. Toll. Mama ist lieb.« Dennis schwärmt von seiner Mama, denn er spürt ihre unendliche Liebe zu den beiden liebevollen Katern.

David legt sich zu seinem geliebten Bruder Dennis, stupst ihn kurz an und sagt: »Ach, haben wir es gut. Essen, schlafen, kuscheln, mal meckern, mal miauen. Toll so ein Katzenleben bei unserer lieben Mama.«

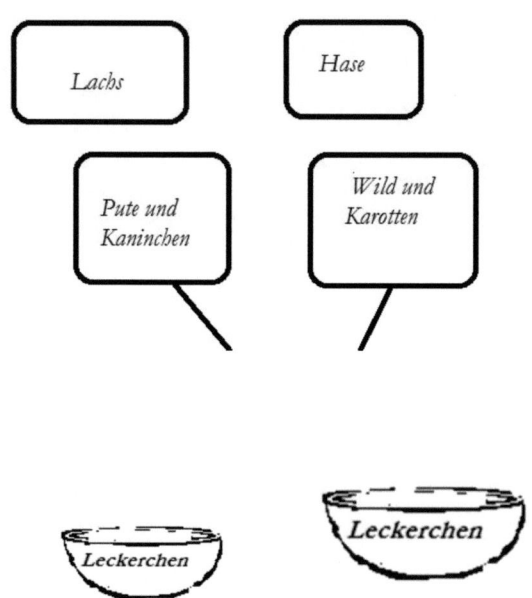

Lachs

Hase

Pute und
Kaninchen

Wild und
Karotten

Leckerchen

Leckerchen

Wann kommt
der Weihnachtsmann ?

»Wow, was ist das?« Der Rabauke rennt ans Fenster, springt auf die Fensterbank. »Da kommen ganz viele große und weiße Flocken vom Himmel gefallen.« Sein Kopf geht hin und her. »Komm, Dennis, das musst du sehen.« David kann sich vor Begeisterung kaum halten. Er ist ziemlich aufgeregt.

»Ja, das ist wunderschön«, sagt Dennis und schaut sich alles aus der Ferne an.

»Das bleibt sogar auf der Erde liegen. Toll!« David kann nicht genug davon bekommen, den weißen Schneeflocken zuzusehen, wie sie auf die Erde fallen. »Ist ja super.«

Noch lange verweilt David auf der Fensterbank, um da draußen dem Treiben der Schneeflocken zuzusehen.

Ab und an hört der Rabauke gespannt zu, was seine Mama so erzählt. Sie spricht häufig von Geschenken und das sie diese noch verstecken will.

»Du, Dennis, Mama tut so geheimnisvoll. Sie sagt immer, sie hätte etwas zu Weihnachten für uns gekauft.« David sieht seinen Bruder sehr fragend an. »Was ist das denn, Weihnachten?«

Dennis erklärt es seinem Bruder. »An Weihnachten wird die Geburt Christi gefeiert. Menschen kaufen dann Geschenke, um anderen eine Freude zu machen.«

David sieht seinen Bruder wieder fragend an. »Wieso muss man denn Geschenke machen, wenn man andere fröhlich sehen will? Geht das nicht jeden Tag?«

Dennis überlegt nicht lange. »Doch, aber das ist so ein Brauch bei den Menschen.«

Das stimmt David nachdenklich. »Aber wir sind doch keine Menschen und Mama sagt trotzdem, dass sie Geschenke für uns hat.«

Mit einem zarten Lächeln im Gesicht sagt Dennis: »Wir sind Tiere, aber für Mama sind wir eben auch ihre Kinder, die sie gerne aus Liebe beschenken möchte. Sie will uns einfach eine große Freude machen.«

»Ja, Mama ist echt lieb zu uns«, schwärmt David.

»Und Mama liebt uns«, sagt Dennis liebevoll.

Der Rabauke fügt ganz sanft hinzu: »Aber so lieb, wie Mama uns behandelt, da ist doch jeder Tag wie Weihnachten, oder?«

Biene schmunzelt. »Ja, eigentlich ist für uns an jedem Tag Weihnachten. Mama liebt uns sehr.«

David lächelt. »Das ist super.«

Die Katzenmama baut einen kleinen Weihnachtsbaum auf und schmückt diesen mit bunten Lichtern.

»Boah, das leuchtet aber toll.« David steht mit glitzernden Augen vor dem Baum. Er kann seine Augen nicht von den Lichtern des Weihnachtsbaumes abwenden. »Schau mal, wie das alles blinkt. Alles ist so bunt und glitzert.«

Dennis sitzt schmunzelnd in seinem Sessel. »Ja, das sieht wunderschön aus. Es ist eben Weihnachten, denn Weihnachten ist das Fest der Liebe.«

Wir spielen

mit Mama verstecken

»Manno, was für ein Tag. Die Sonne scheint, draußen zwitschern die Vögel. Wir sind zwar im Schatten, aber es ist warm, richtig warm. Da suche ich mir doch einen Platz, wo es etwas kühler ist. Mal sehen, was ich da so finde.«

Der Rabauke rennt durch die Wohnung und bleibt plötzlich vor der Heizung stehen. »Ach, da könnte ja etwas sein. Probiere ich mal aus.«

David setzt sich hinter die Heizung in eine Ecke. Da liegt er geschützt und dort ist es angenehm kühl.

Dennis genießt es, wie immer, in seinem Sessel zu liegen.

Die Katzenmama sucht aber ihren kleinen Rabauken. Sie sieht ihn nicht gleich, und fragt nun die Biene: »Hast du unseren Rabauken gesehen?«

Die Biene schaut kurz hoch und hält Ausschau nach seinem Bruder. »Nein, Mama. Keine Ahnung, wo er ist.«

Überall sieht die Katzenmama nach und sie kann den kleinen Rabauken nicht finden. Sie ruft ein wenig verzweifelt: »Rabauke! David! Wo bist du?«

David, der in der Ecke ein wenig geschlafen hat, denkt sich: »Hallo, hier bin ich. Hier findet mich keiner so schnell. Mama macht sich immer solche Sorgen. Sie denkt immer, mir ist etwas passiert.«

Die Katzenmama kann ihren kleinen Rabauken, obwohl sie überall nach ihm sucht, einfach nicht finden.

Da wendet sie sich an Dennis. »Du, Biene, kannst du mir bitte beim Suchen helfen?«

Mit einem Satz springt Dennis auf den Boden. »Sicher, Mama, das mache ich gerne.«

Nun sucht Dennis seinen Bruder und er geht intuitiv auf die Heizung zu. »Hey, da ist er ja. Hallo, Mama sucht dich.«

David schaut ein wenig mürrisch. »Ach, die haben mich doch gefunden.«

Die Katzenmama ist sehr erleichtert. »Mensch, Rabauke, was habe ich dich gesucht. Da bist du ja.«

»Danke, Dennis, dass du mir geholfen hast«, sagt die Katzenmama glücklich zu ihrer Biene.

Biene lächelt. »Gerne, Mama.« Dennis möchte seinen Bruder ganz bestimmt nicht verraten, aber wenn seine Mama sich so viele Sorgen macht, hilft er ihr auch.

Am nächsten Tag sucht sich David ein neues Versteck aus. »Wollen wir doch mal sehen, ob mich hier einer findet.« Der Rabauke legt sich hinter die Gardine.

Natürlich sucht die Katzenmama ihn wieder. Sie macht sich aber diesmal alleine auf die Suche und ruft: »Rabauke, wo hast du dich denn heute versteckt?«

Dennis blickt nur kurz hoch und denkt sich: »Ach, Mama. Wenn sie sich doch bloß nicht immer so viele Sorgen machen würde.«

Die Katzenmama sucht weiter und schaut auch hinter der Heizung nach, aber da ist der Rabauke heute nicht. So muss sie weiter suchen. Sie glaubt, dass sie wirklich schon überall nachgesehen hat und steht ratlos im Wohnzimmer.

Da fällt ihr auf, dass die Gardine sich auf einmal bewegt und sie geht darauf zu. Und da ist er auch schon, der kleine Rabauke!

»Da bist du ja. Was machst du denn hier hinter der Gardine?« Die Katzenmama ist sichtlich erleichtert.

David sieht seine Mama etwas verschlafen an. »Ich wollte doch hier in Ruhe schlafen. Mensch, Mama.«

Tage später geht David mit seiner Mama in den unteren Bereich der Wohnung. »Mal sehen, was ich heute so anstellen kann«, denkt er sich.

So versteckt sich David diesmal hinter der Tür. »Da wollen wir doch mal sehen, ob mich da einer findet«, sagt sich David verschmitzt.

»Rabauke, wo bist du?« Und schon wieder sucht die Katzenmama ihren kleinen Schelm.

David denkt sich. »Ich will doch mal schauen, ob sie mich sieht, wenn ich mein Köpfchen etwas herausstrecke? Kuckuck, hier bin ich!«

Tatsächlich sieht die Katzenmama das Köpfchen von ihrem Rabauken und sie sagt dasselbe, wie David es gedacht hat.

»Kuckuck, Schätzchen, da bist du ja.«
Und sie freut sich. »Sollen wir verstecken
spielen?«, fragt sie ihren kleinen Schatz.

»Ja, klar, Mama, das ist prima und
macht ganz viel Spaß.« David jauchzt vor
Begeisterung.

So spielen sie immer wieder. David ist
hinter der Tür und Mama muss ihn suchen.

»Wenn sie dann Kuckuck macht, finde
ich das klasse.« David schwärmt: »Unsere
Mama ist eben eine liebe Mama.«

Weil die Katzenmama ihre zwei süßen
Katzenkinder sehr liebt, kauft sie für jeden ein Haus aus Pappe.

David geht nur einige Male dort hinein
und beschnuppert alles.

Dennis versteckt sich manchmal in seinem Haus.

Aber er geht zum Verstecken spielen auch gerne unter die Treppe, wo seine Mama ihn dann suchen kann.

So spielen alle drei gerne und liebevoll zusammen.

Mit Mama kuscheln

»Du, David, sollen wir mit Mama gleich wieder ins Bett gehen und kuscheln? Sie sieht so traurig aus«, sagt Dennis besorgt zu seinem Bruder.

David geht auf Dennis zu und gibt ihm ein Küsschen. »Klar, machen wir. Das finde ich auch immer sehr schön.«

Dennis setzt sich neben seine geliebte Mama und sie streichelt ihn liebevoll. »Meine Biene, was möchtest du? Sollen wir uns zu einem Mittagsschläfchen hinlegen?«

Die Biene lächelt über das ganze Gesicht. »Natürlich, Mama. Das hast du gut erkannt.« Zufrieden meckert Dennis ein wenig.

»Na, dann komm` mit«, sagt die Mama zu ihrer Biene. Sie dreht sich noch einmal kurz um und lächelt David zu. »Und du, mein kleiner Rabauke, kommst du auch mit kuscheln?«

Der Rabauke steht auf und tippelt zu seiner Mama. Seinen Kopf reibt er kurz an Mamas Bein und das heißt ganz sicher: »Klar, lass uns gehen.«

Schnell läuft der Rabauke die Treppe hinunter.

»Wollen wir doch mal sehen, wer der Erste ist.« Schelmisch bleibt David kurz auf der unteren Stufe stehen und blickt nach oben. Dann rennt er weiter. »Erster!«, miaut der Rabauke laut von unten.

Ungeduldig wartet der Rabauke auf seine Mama und seinen Bruder. »Na, kommt schon!«

Dennis geht als nächster an seiner Mama vorbei und meckert. »Jetzt überhole ich Mama.«

»Hey, du bist Zweiter«, sagt der Rabauke erfreut zu der Biene. »Und Mama ist so langsam.« David miaut seine Mama an.

»Ja, ich weiß, Mama ist nicht so schnell wie ihr. Geht schon einmal vor«, sagt die Katzenmama lachend zu ihren beiden Katzenkindern.

»Nö, geh` du zuerst ins Bett. Ich muss erst einmal sehen, was da draußen so los ist.« Der Rabauke springt auf die Fensterbank. »Hey, Dennis, komm mal hoch. Hier sind viele Vögel. Die sehen gut aus. Bunt, grau und dicke Tauben. Wow! Klasse.«

Dennis springt aber schon zu seiner Mama und der Rabauke blickt stirnrunzelnd hinüber. »Geh´ doch schon zur Mama, ich komme gleich nach.«

Die Biene legt sich auf Mamas Bauch und sie spüren beide ganz innig die Liebe und Wärme.

»Mama krabbelt und streichelt mich dann so schön.« Dennis, die Biene, liebt das sehr und schnurrt.

Nachdem Dennis einige Zeit auf dem Bauch seiner Mama verbracht hat, geht er runter auf ihre Beine. »Mama macht mir eine Mulde, damit wir so kuscheln können. Sie liebt es, dass weiß ich. Und ich liege da prima. So, nun mache ich mit Mama ein schönes Mittagsschläfchen.« Dennis blickt zu seinem Bruder.

Nun steht der Rabauke auf. »Ich komme.« Schwupps. Mit einem Riesensatz springt der Rabauke auf das Bett und schubst seine Mama am Arm. »Hallo, habe ich euch jetzt etwa geweckt?«

»Hallo, Rabauke, da bist du ja.« Der Rabauke legt sein Pfötchen auf Mamas Arm. »Machst du mir auch einen Kuschelplatz, Mama?«

David sieht verschmitzt zu seiner Mama, die ihren kleinen Rabauken sofort versteht. »Komm, mein Kleiner, ich mache dir eine Höhle.«

»Mama zieht an der rechten Seite die Bettdecke etwas hoch und formt daraus etwas, das tatsächlich aussieht wie eine richtige Höhle. Toll. Mama weiß genau, was ich will. Hier ist es gemütlich. Mama gibt auch mir sehr viel Liebe und Wärme. Das tut uns allen gut.«

Bevor er die richtige Position hat, dreht sich David ein paarmal um die eigene Achse. So kuscheln die drei und jeder von Ihnen fühlt sich mehr als wohl.

Am Abend setzt sich die Katzenmama auf die Couch.

»Sie guckt wieder in dieses Ding, wo die Bilder manchmal so flackern«, sagt David etwas mürrisch.

»Das ist ein Fernsehgerät«, ruhig erklärt Dennis seinem Bruder gerne alles.

»Egal, dann lege ich mich auf das Sideboard daneben und Mama kann sich das ansehen.« Der Rabauke ist ein wenig verärgert.

»Aber du kannst doch auch mit Mama kuscheln.« Dennis versucht ihn etwas zu besänftigen.

Aber der Rabauke bleibt ein bisschen stur. »Na, lass mal.«

Biene sucht die Nähe seiner Mama und springt zu ihr auf die Couch.

»Hallo, meine Biene, willst du schmusen?« Liebevoll streichelt sie seine weißen Haare.

»Ja!«, denkt Dennis verzückt. Er spürt, wie sehr ihm und seiner Mama das gefällt.

»Manchmal halten wir sogar Pfötchen, das heißt, dann legt Mama ihre Hand auf mein Pfötchen. Das ist wunderschön.« Nun gerät die Biene ins Schwärmen.

Nach einer Weile kommt auch David, der sich vorher auf dem Sideboard ausgiebig geputzt hat, auf die Couch gesprungen.

»Hey, ich komme doch zu euch. Alleine ist es echt zu langweilig« und schwupps liegt er neben seiner Mama.

So liegen Dennis links und David rechts und die Katzenmama sitzt in der Mitte. Alle drei finden das toll. Ein wunderschönes Gefühl.

»Das ist aber schön, Rabauke, dass du auch zu uns kommst.« Die Katzenmama ist glücklich.

»Klar, bin eben ein lieber Kater.« Verschmitzt und froh legt sich David hin.

Die Katzenmama und ihre beiden über alles geliebten Katzenkinder genießen die Nähe des jeweils anderen.

Fußball spielen

»Manno, ist das langweilig heute.« David sitzt auf der Fensterbank und gähnt ausgiebig. »In der Sonne habe ich lange genug gelegen. Muss doch einmal sehen, was ich hier sonst noch so alles anstellen kann.«

Der Rabauke springt auf den Boden hinunter und geht hin und her.

Sein Bruder Dennis liegt noch in seinem Sessel und schläft.

David sieht zu seinem Bruder hinüber und miaut. »Hallo, aufwachen. Ich will `mal eine Runde spielen.« Herzergreifend miaut der Rabauke die Biene an.

Die Biene wird wach und schaut mit kleinen Äuglein um sich herum. »Was ist denn los?«

David kommt zu ihm gesprungen. »Du Schlafmütze, steh` doch mal auf. Wo ist eigentlich unsere Mama?«

Dennis hat sich nun aufgerichtet und blickt noch etwas verschlafen um sich herum. »Keine Ahnung.«

Neugierig macht sich der Rabauke auf den Weg, um seine Mama zu suchen. »Hallo, keiner da?«, miaut er klar und laut.

Die Katzenmama kommt schon aus der Küche. »Was schreist du denn so, mein kleiner Rabauke?«

David rennt auf seine Mama zu. »Hey, gibt es wieder etwas zu essen?«

Da seine Mama ihn gut kennt, antwortet sie schon direkt darauf. »Nein, nein, mein Schatz, es gibt noch nichts zu essen.«

Enttäuscht wendet sich David ab. »Dann geh` ich eben nach unten. Vielleicht ist da mehr los als hier.« Der Rabauke rennt die Treppe hinunter und miaut. »Hey, kommt ihr spielen?«

Dennis und seine Mama schauen sich an. Sie wissen, was der Rabauke möchte und gehen beide nun auch die Treppe hinunter.

Sofort nimmt die Katzenmama einen kleinen Fußball aus dem Schrank und sagt: »Wollt ihr Fußball spielen, Kinder?«

Nun ist David froh gelaunt und strahlt über das ganze Gesichtchen. »Ja!, Hurra! Dann ist echt etwas los.« Voller Elan spielt der Rabauke nun mit seiner Mama und seinem Bruder Fußball.

Mit dem Pfötchen schiebt der Rabauke den kleinen Fußball am liebsten gegen den Schrank. Das macht so herrlich viel Krach.

»Das ist klasse. Mama schießt ein Tor hat sie gesagt. Na ja, wenn sie meint.« Der kleine Schelm grinst so vor sich hin.

David und Dennis rennen hinter dem kleinen Fußball her und ihre Mama schaut ihnen dabei zu. Manchmal spielt sie mit.

»Wenn du ein richtiger Sohn gewesen wärst, dann wärst du bestimmt ein Fußballer geworden«, sagt die Mama voller Stolz zu David.

»Klar, Mama. Die hätten sich alle warm anziehen müssen.« Der Rabauke lächelt, wie immer, verschmitzt.

So spielen alle drei zusammen und sind froh und heiter.

Tschüss, wir müssen gehen

»Mama ist sehr traurig. Sie kämpft wirklich sehr verzweifelt darum, dass ich wieder gesund werde.« Der Rabauke, der sonst so stark ist, wird nun selbst recht wehmütig.

»Ja, Mama kämpft sehr«, so denkt auch die Biene nachdenklich und auch er ist sehr traurig.

David ist als Erster krank geworden. Seine Mama geht oft mit ihm zum Tierarzt, weil der ihren kleinen Schatz wieder gesund machen soll. Aber alles hilft nicht. Tabletten, Spritzen. Alles, was der Rabauke auch bekommt, ist zwecklos.

So stirbt David an einem Winterabend in den Armen seiner geliebten Mama. Sie weint bitterlich. Alle sind traurig, sehr sehr traurig.

Auf einmal ist ihr Kind, das sie geliebt hat und immer lieben wird, nicht mehr da.

Dennis sitzt in seinem Sessel und hat alles voller Schmerz beobachtet. Kurz bevor Davids Leben auf der Erde zu Ende geht, sprechen die beiden Brüder noch einmal miteinander.

»Du, Dennis, ich muss jetzt gehen. Pass´ bitte auf unsere Mama auf. Sie wird noch mehr weinen und traurig sein. Alles wird schwer sein für Mama.«

David und Dennis verabschieden sich in Gedanken. Auch Dennis ist mehr als traurig. Viele Jahre hat er mit seinem geliebten Bruder in diesem liebevollen Zuhause bei ihrer Mama sein dürfen. Die Katzenmama weint. Dennis weint. Alle weinen.

Aber das Leben geht weiter.

»So wird es trotz der Liebe, die Mama mir gibt, für mich schwer sein ohne meinen lieben Bruder weiterzuleben«, denkt Dennis voller Wehmut.

Er weiß, dass auch für ihn bald die Zeit kommt, zu gehen. Dennis spürt das.

Nun wird auch Dennis krank und seine Mama versucht wieder verzweifelt um das Leben ihres geliebten Kindes zu kämpfen. Sie will ihren zweiten Schatz nicht auch noch verlieren.

Doch leider hilft Nichts mehr und Dennis stirbt ein paar Monate später.

Bevor sein Atem aus seinem Körper ausgehaucht wird, da bläht er sich auf und sagt:

»Ich werde dich immer lieben, geliebte Mama. Aber es ist auch nun für mich Zeit zu gehen.«

Seine Mama ist mehr als traurig, aber sie muss weiterleben. So ist das im Leben. Man kommt auf die Erde, um zu leben und eines Tages, wenn der liebe Gott es will, stirbt man wieder. Das ist der Lauf der Zeit.

Vom Himmel aus sehen David und Dennis ihrer geliebten Mama zu. Sie sitzen auf einer Wolke und senden ihr ab und zu durch einen wunderschönen Regenbogen ein Zeichen der Liebe.

Die Liebe wird zwischen dem Rabauken, seinem geliebten Bruder und der liebevollen Mama immer so bleiben, denn diese Liebe ist unendlich groß und stark. Liebe ist mehr als alles andere auf der Welt und kann auch durch den Tod niemals enden.

»Vom Himmel aus werden wir auf Mama aufpassen«, sagt David zu Dennis, als er ihn an der Pforte zum Himmelstor abholt.

»Ja, das machen wir. Mama wird durch uns und unsere Liebe beschützt. Wir sehen alles, spüren alles und eines Tages, wenn Mamas Zeit gekommen ist, dann werden wir uns wiedersehen. Danke, Mama, für deine Liebe.«

Wir lieben euch für immer.

Vielen lieben Dank

Lieber Rabauke,
liebe Biene,

von ganzem Herzen bedanke ich mich bei euch für eure unendlich große Liebe und Treue. Mit euch habe ich wunderschöne Jahre verbringen dürfen und dafür danke ich dem lieben Gott.

Möge der liebe Gott euch beschützen. Mama liebt euch für immer. Vielen lieben Dank für alles.

Eure Mama

Danke möchte ich auch meiner geliebten Schwester Gabriele sagen, die mich tatkräftig bei der Entstehung dieses Buches unterstützt hat.

Mein weiterer Dank gilt meiner geliebten Mutter, die meine/unsere Kater ebenso ins Herz geschlossen hat wie meine Schwester und ich.

Biografie der Autorin

Anna Maria Kuppe wurde im Rheinland geboren. Nach Abschluss der Handelsschule erlernte sie den Beruf der Industriekauffrau und arbeitete über 40 Jahre in der Buchhaltung. Als Rentnerin kann sie nun kreativ arbeiten und schreibt mit Leib und Seele über ihre geliebten Kater.

Bildgestaltung: